I Tommy, Billy, Emma a Katie – J.D.

Cyhoeddwyd gyntaf yn Saesneg yn 2000 gan
Macmillan Children's Books, adran o Macmillan Publishers Ltd
dan y teitl *Monkey Puzzle*.
Testun © hawlfraint 2000 Julia Donaldson
Lluniau © hawlfraint 2000 Axel Scheffler
Y cyhoeddiad Cymraeg © Gwasg y Dref Wen 2013
Gwasg y Dref Wen, 28 Church Road, Yr Eglwys Newydd,
Caerdydd CF14 2EA Ffôn 02920617860
Mae'r cyhoeddwr yn cydnabod
cefnogaeth ariannol Cyngor Llyfrau Cymru.
Argraffwyd yn China.

Julia Donaldson   Axel Scheffler

Mae Mam ar Goll

Addasiad gan Gwynne Williams

DREF WEN

"Dwi wedi colli Mam!"

Daeth iâr fach yr haf efo dim byd i'w wneud
At y mwnci bach trist. Gwenodd a dweud:

"*Mi ffeindiwn dy fam. Pa mor fawr ydy hi?*"
"Mawr iawn!" meddai'r mwnci. "Mae'n lot
mwy na fi."

"*Yn fwy na thi, del? Dyna lwcus, yntê?*
Dwi newydd ei gweld hi yn bwyta ei the."

"Na, na, na! Eliffant ydy hwn!

"Does gan fy mam i ddim bola mawr llwyd.
Does ganddi ddim trwnc chwaith i fwyta ei bwyd.
Ac mae cynffon fy mam yn troelli yn dynn
O gwmpas y cangau a'r brigau, fel hyn."

"Yn troelli yn dynn? Tyrd efo fi, del.

Dwi'n gwybod lle mae hi'n cael seibiant a sbel."

"Na, na, na! Neidr ydy hon!

"Ond dydy fy mam ddim yn gynffon i gyd!
Na'n hisian a sisian o hyd ac o hyd!
Mae ganddi hi dafod i siarad yn glir
Ac ew! mae ei choesau hi'n gryf ac yn hir."

"Mae ganddi hi goesau? Wel, tyrd efo fi!
Mae dy fam wrth y blodau, yn siŵr i ti!"

"Na, na, na! Pry cop ydy hwn.

"Dydy Mam ddim wrthi drwy'r dydd yn
gwneud gwe
Na bwyta hen bryfed – a dwn i ddim be!
Mae'n well ganddi ffrwythau mawr melys,
llawn sudd
Sy'n dod o ben uchaf y goeden bob dydd!"

"Pen uchaf y goeden? Wel, tyrd efo fi!
Dyna lle mae hi'n nôl ffrwythau i ti."

"Na, na, na! Parot ydy hwn!

"Mae trwyn gan fy Mam i, ddim bwa o big.

Dydy Mam byth yn sgrechian pan fydd hi yn ddig!

Does ganddi ddim adain, does ganddi ddim plu.

Ond mae'n gallu neidio a llamu yn hy!"

"Neidio a llamu? Pam na ddeudest ti hyn?

Mae dy fam di acw yn ymyl y llyn."

"Na, na, na! Llyffant ydy hwn!

"Dydy Mam ddim yn wyrdd a'i llais hi yn gras!
Dydy hi ddim yn cwyno na chrawcian yn gas!
Mae hi yn fy mwytho o hyd ac o hyd,
Ac mae ei ffwr brown hi yn gynnes a chlyd."

"Ffwr cynnes a chlyd? Pam na ddeudest o'r blaen?
Dwi'n gwybod lle mae hi, del. Tyrd yn dy flaen!"

"Na, na, na! Ystlum ydy hwn!

"Pam wyt ti yn drysu fel yma bob tro?
Mi ddeudes fod ganddi ddim adain, yn do?
Dydy Mam ddim yn cysgu â'i phen i lawr,
Ac mi ddeudes o'r blaen ei bod hi yn fawr!"

"Mi anghofies i, del! Ond tyrd, dwi'n siŵr
Fy mod wedi'i gweld hi yn ymyl y dŵr!"

"NA, NA, NA!
Dyna'r eliffant eto!

"Ddim dyma fy mam! Beth sy'n bod arnat ti?
Does dim o'r rhai yma yn debyg i mi!"

"Yn debyg i ti? Beth ddeudest ti, del?
Mae hynny yn od ac yn rhyfedd! Wel, Wel!
Achos dwn i ddim sut a dwn i ddim pam …

… Ond does dim o 'mhlant i yn debyg i'w man
Dwi'n deall o'r diwedd! Mae popeth yn glir!
Mi fyddi di efo dy fam cyn bo hir!"

"Na, na, na, dyna fy nhad!"

"Tyrd ymlaen, fwnci bach, mi redwn bob cam.

Mae'n hen bryd i ni'n dau fynd adre at…"

"Mam!"